Inhaltsverzeichnis

Inhaltsverzeichnis 1
Lesbenerotik 2
Lesbische Kurzgeschichten 2
prickelnd bis zum Schluss 2
Lesbische Kurzgeschichten 3
   Abendröte 3
   Sportliche Höchstleistung 30
   Geschäftspartnerinnen 45
Abschluss 70
Impressum 71

Lesbenerotik

Lesbische Kurzgeschichten

prickelnd bis zum Schluss

DiKay

Copyright © 2016 DiKay, Autorin
1. Auflage 2016
Die folgenden erotischen Kurzgeschichten handeln von sexuellen Beziehungen zwischen lesbischen Frauen.
Sie enthalten eindeutige sexuelle Szenen zwischen Lesben. Jene die lesbische Bücher ablehnen oder lesbischer Erotik nichts abgewinnen, sollten hier nicht weiterlesen. Alle handelnden Personen sind volljährig.

Lesbische Kurzgeschichten

Abendröte

Ein heißer Sommertag sorgte dafür, dass sich Anna heute zum zweiten Mal von oben bis unten kalt abduschte. Temperaturen wie in Südspanien und das in der Rheinebene zu Beginn des August. Da brauchte sie nicht wegfliegen, dachte Anna, während sie ihr Handtuch über ihren Körper gleiten ließ um sich abzutupfen. Ein bisschen Restfeuchtigkeit darf es bei den Temperaturen sein. Anna begab sich sodann nackt auf ihren Balkon im 3. Stock eines gepflegten Apartmenthauses. Sie blickte so gut wie jeden Abend auf das gegenüberliegende Doppelhaus und versuchte einen kurzen Blick auf die neue Nachbarin gegenüber zu erhaschen.

Seitdem die Nachbarin mit ihrer Familie eingezogen war, konnte Anna keinen Tag mehr ohne einen Gedanken an sie verbringen. Für gewöhnlich nahm sich die Nachbarin abends ein Buch zur Hand und begab sich auf ihre Terrasse mit einem Gläschen Weißwein, wie Anna vermutete. Die untergehende Abendsonne verlieh der Nachbarin mit ihrem blonden langen Haar einen leichten rötlichen Stich. Welch eine wunderbare Abendröte. Der Sonnenuntergang machte ihren Anblick noch unwiderstehlicher. Anna war wie gefesselt von ihrem einwandfreien Körper mit dem spielerisch hinunter verlaufenden glatten Haar. Sie konnte sich keinen Abend mehr ohne diesen Anblick vorstellen und war bei dieser Aussicht einfach nur glücklich und zufrieden.

Anna stellte sich abendlich vor wie es sein würde, wenn Sie sich einmal begegneten. Würde sie überhaupt einen Ton heraus bringen oder wäre sie vom Elfenhaften Anblick der Nachbarin sprachlos? Es war klar, dass der Tag irgendwann kommen würde, denn sie musste tagtäglich auf dem Weg zur Arbeit an ihrem Doppelhaus vorbei. Anna überlegte sich schon wie sie es schaffen würde gezielt auf die Nachbarin zuzugehen und ein Treffen herbeizuführen. Aber tief im innerem war Anna sehr schüchtern. Zumindest konnte sie nicht grundlos auf andere Menschen zu gehen. Erst recht nicht auf schöne Frauen, die ihr schon beim Anblick den Kopf verdrehten.
Und so gab sich Anna auch an diesem Abend wieder ihren Träumen hin. Legte sich auf ihren komfortablen Liegestuhl und

verwöhnte sich mit ihrem Massagestab. Während sie sich ihrer Lust hingab konnte sie zwischen dem Balkongeländer hindurch immer wieder einen Blick auf die Traumfrau gegenüber werfen, was ihre Lust auch dieses Mal wieder zielgerichtet explodieren ließ und einen Höhepunkt der Extraklasse zur Folge hatte. Sie bedankte sich vor ihrem geistigen Auge bei ihrer Nachbarin und freute sich schon auf weitere schöne Abende mit dieser Traumaussicht. Genüsslich schlief sie auf ihrem Liegestuhl ein.

Am nächsten Morgen erwachte Anna auf dem Balkon. War sie doch befriedigt und glücklich eingeschlafen und hat die ganze Nacht draußen verbracht. Da auch diese Nacht tropische Temperaturen mit sich brachte war dies auch kein Problem. Wenn sie nur beim Aufstehen nicht diese eine falsche Bewegung gemacht hätte. Wie von einem brennenden Pfeil wurde sie in den Rücken getroffen. Autsch. So muss sich wohl ein Hexenschuss anfühlen. Jaulend vor schmerzt robbte sie sich in gebückter Haltung in ihr Wohnzimmer und legte sich auf ihr Sofa. Den Tränen nahe fand sie keine geeignete Position, die ihren Schmerz linderte. Nach Minuten des hin und her wälzen war klar. Sie brauchte medizinische Unterstützung. Irgendjemand der ihr helfen kann. Egal wer, Hauptsache der Schmerz hört auf. Sie griff zum Telefon und fragte bei ihrem Hausarzt nach einem Termin. Dieser war wie immer komplett überfüllt. Mit dem Hinweis auf sehr lange Wartezeiten sah sie davon ab zu ihm zu gehen. Auch noch das! Sie hatte schon oft überlegt den Arzt zu wechseln, schreckte aber bisher aus Bequemlichkeit davor zurück. Aber wenn sie nun einmal Hilfe braucht, dann jetzt. Mit Engelszungen diskutierte sie mit der Sprechstundengehilfin, aber es war nichts zu machen. Unter 2 Stunden Wartezeit ging heute nichts.

In ihrer Verzweiflung googlete sie nach weiteren Ärzten im Ort. Obwohl sie in diesem überschaubaren Dorf mit knapp 10.000 Einwohnern meinte alle zu kennen. Zu ihrer Überraschung wurde ein Suchergebnis angezeigt, dass sie noch nicht kannte: Dr. Stefan Janusch – Chiropraktiker, Melaminstr. 9. Das ist sogar ganz in der Nähe. Und von Chiropraktikern hatte sie auch bereits schon viel Gutes gehört. Ihre Bekannte Lena, mit der sie sich hin und wieder traf um sich gegenseitig ein wenig zu verwöhnen, berichtete ihr von 2-3 Handgriffen eines Chiropraktikers und Ihre Rückenschmerzen waren verschwunden. Ob sie Lena anrufen sollte um sich den Namen geben zu lassen? Diesen Gedanken verwarf Anna jedoch sofort wieder. Lena wohnte in Stuttgart, was in ihrem derzeitigen Zustand von der Fahrtstrecke her einfach zu weit war. Also besann sich Anna wieder auf das Google Suchergebnis und griff zum Telefonhörer.

„Praxis Dr. Janusch. Legler am Apparat. Was kann ich für Sie tun?". „Anna Winden hier. Ich habe mich gerade ungünstig bewegt und dabei ist es mir wie ein Pfeil in den Rücken geschossen. Wäre es möglich heute einen Termin bei Ihnen zu bekommen? Am besten sofort?". Am anderen Ende der Leitung hörte man die

Sprechstundehilfe wie wild in ihrem Buch blättern, begleitet von einem undeutlichen Nuscheln und Tuscheln im Hintergrund. „Hören Sie? Ich hätte gerne einen Termin für heute. Am besten sofort. Geht das denn?" wiederholte Anna. „Nicht so schnell" entgegnete die Stimme ziemlich forsch. An die freundlichste Dame war sie ja nicht gerade geraten. Aber was soll es, wenn mir nun endlich geholfen wird. „Ja. Dann kommen sie am besten gleich. Die Praxis öffnet erst um 9 Uhr, aber wenn sie jetzt kommen schiebe ich sie vorher noch rein. Dr. Janusch ist bereits in der Praxis. Aber seien Sie bitte schnell. Sonst klappt das nicht mit dem einschieben." Ein Blick auf die Uhr verriet, dass es 8.35 Uhr war. Oh je, dann muss ich mich sputen. Und das in diesem Zustand. Egal. Ich muss da jetzt hin.

Und die Melaminstraße ist ja unter normalen Umständen auch schnell zu erreichen. „In Ordnung. Ich bin gleich bei ihnen."

Anna legte auf, putzte sich wie immer gründlich ihre Zähne, denn so viel Zeit muss sein, streifte in aller Hektik ihre Bluse über, die noch über dem Stuhl hing und einen Rock der noch auf dem Sofa lag. So, dass muss reichen dachte sie und begab sich aus der Türe. Die Treppe nach unten schien endlos zu sein. Aber Anna biss auf die Zähne. Sie hatte ein Ziel und musste schnell sein. Annas gebückte Haltung verwunderte die Passanten an welchen vorüber ging. Das war ihr jetzt gerade ziemlich egal. Sie musste schnell zu Dr. Janusch. Beste Haltungsnoten waren derzeit uninteressant. Und so machten ihr die Blicke nichts aus. Sie war sowieso mit ihrem Schmerz beschäftigt und ging zielstrebig in Richtung Praxis. Dort angekommen noch ein Blick auf die Uhr. Oh nein. Es ist 8.56 Uhr. Das hat doch länger gedauert als erwartet. Ob sie nun noch drankommen würde? Mit einem mulmigen Gefühl betrat sie schmerzerfüllt die Praxis. Doch weit und breit war keine Sprechstundenhilfe zu sehen. 2 Minuten später kam sie dann in aller Gemütlichkeit an, um mit einem vorwurfsvollen Blick das Feuer auf Anna zu eröffnen: „Ich hatte Ihnen doch mitgeteilt, dass Sie schnell sein sollen. Nun haben wir 9 Uhr und es ist zu spät. Ich muss Sie leider wieder nach Hause …" Klingelingeling, klingelingeling, klingelingeling, … „Augenblick". Sie verschwand ans Telefon. „Praxis Dr. Janusch. Legler am Apparat. Was kann ich für Sie tun?". „Was? Wieso so kurzfristig?"

„Sie hätten ruhig früher Bescheid geben können! Aber nun gut, dann hat die Patientin, die hier gerade schmerzerfüllt neben mir steht, wohl doch Glück. Und Sie melden sich das nächste Mal wenn Sie einen Termin absagen wollen bitte früher. Auf Wiederhören!" Batsch. Knallte sie den Hörer auf das Telefon. „Hören Sie. Heute ist ihr Glückstag. Ein Termin wurde soeben abgesagt. Sie können nun also kurzfristig dran kommen. Füllen Sie bitte diesen Bogen zur Patientenneuaufnahme aus. Wenn möglich schnell." Die Dame hat gut reden. Glückstag. Davon habe ich bisher wenig gespürt. Aber egal. Hauptsache ich komme schnell zum Doktor rein. Alles andere ist nun erst einmal egal. Und der „freundliche" Umgangston dieses Sonnescheins auch.

Hauptsache der Arzt hilft mir, dachte sich Anna.

Hastig füllte sie den Aufnahmebogen aus. Ihre Schrift hatte auch schon einmal bessere Tage erlebt. Aber hey, ich habe Schmerzen. Und die Dame hinter dem Tresen darf ruhig ein paar Hieroglyphen entziffern, dass hat sie sich verdient. Anna schmunzelte in sich hinein. Als sie aufgerufen wurde entwickelte sich aus ihrem leichten schmunzeln ein ausgewachsenes Grinsen. „Geht es Ihnen doch schon besser, weil Sie so Grinsen? Müssen sie gar nicht mehr zur Frau Doktor?" fragte die Gehilfin. „Nein. Ich musste nur an etwas Lustiges denken" entgegnete Anna. „Frau Doktor? Ich dachte Dr. Janusch wäre ein Mann!?" „Wie kommen Sie denn darauf? Sagen Sie bloß, weil die meisten Ärzte Männer sind?" „Nein. Bei google steht Dr.

Stefan Janusch. Deshalb dachte ich Dr. Janusch wäre ein Mann." „Tatsächlich? Dann werde ich in der Werbeagentur gleich mal nachfragen wie die dazu kommen so einen Unsinn zu schreiben. Da war wohl jemand nicht ganz bei der Sache. Wenn man nicht überall hinterher ist." Sprach es und verschwand aus dem Behandlungszimmer.

Anna sah davon ab sich hinzusetzen. Ihr Schmerz war im Stehen erträglicher. Sie ging herum um sich abzulenken und betrachtete den schicken weißen Designer Schreibtisch und das Slim-Line Notebook darauf. Natürlich stilsicher auch in weißem Hochglanz gehalten mit einer feinen geschwungenen roten Rose darauf. Netter Kontrast, da hat jemand Geschmack, dachte sie, als ihr Blick weiterwanderte. Ihre Augen blieben stehen, als sie zu einem ebenfalls mit Rosen verzierten Photorahmen angelangt war, blieben ihre Augen stehen. Schöner Bilderrahmen. Frau Doktor hat wohl einen Faible für Rosen. Dann betrachtete sie die Person auf dem Bild. Irgendwoher kannte sie diese. In dem Moment schoss es Anna in den Kopf. Es traf sie wie einen Blitz: Das ist meine scharfe Nachbarin. Nur 10 Jahre jünger. Nein, das kann doch nicht sein. Nicht hier, nicht jetzt, nicht in dieser Situation. In diesem Moment öffnete die Nachbarin Frau Dr. Stefanie Janusch die Türe zum Behandlungsraum.

Annas Herz blieb fast stehen vor Aufregung. Sie hatte sich nicht zu Recht gemacht. Die Haare waren wild durcheinander, nur schnell gebändigt durch ein paar Mal durchfahren. Der Rock und die Bluse waren noch von gestern und hatten schon einen Arbeitstag im Büro hinter sich. Und in ihrem Rücken brannte es. In halb gebückter Haltung und schmerverzerrtem Gesicht war sie mit Sicherheit kein schöner Anblick. Zum Glück habe ich wenigstens meine Zähne geputzt, munterte sie sich selbst auf. Da muss ich jetzt wohl durch. Der Tag musste ja irgendwann kommen. Aber eigentlich hoffte sie darauf, dass sie top-gestylt und gut gelaunt ihrer Nachbarin begegnen würde. Sie hatte sich schon überlegt, wie sie ein zufälliges Treffen fingieren kann. Das war wohl nichts.

Auf die Zähne beißend legte sich Anna nun ins Zeug und brachte das charmanteste Lächeln raus, dass ihr unter diesen Umständen möglich war. Sie streckte Frau Dr. Janusch die Hand entgegen: „Anna

Winden" Schön Sie kennen zu lernen." Oh wie weich diese Hand war. Anna schmolz dahin. Ihre zarten Finger. Dieser traumhafte Duft, direkt vor ihrer Nase. Anna dachte daran die Augen zu schließen und den Mund zu öffnen. Noch bevor sie ihrem Wunsch weiterträumen konnte, reagierte Frau Dr. Janusch und stellte sich vor: „Stefanie Janusch. Chiropraktikerin und neue Nachbarin". Sie grinste Anna an. Wie bitte? dachte Anna. „Sie kennen mich?" fragte Anna erstaunt. „Ja, unsere allabendlichen Begegnungen auf der Terrasse haben Sie doch nicht hoffentlich ignoriert? Ich auf jeden Fall nicht. Ich habe mich schon darauf gefreut ihnen einmal zu begegnen. Bisher hatten wir ja noch nie persönlich die Gelegenheit. Aber das hat ja anscheinend heute ein Ende. Wie kann ich Ihnen denn weiterhelfen".

Anna, noch baff von der Direktheit und etwas überfordert mit der unerwarteten Begegnung, versuchte sich mitzuteilen. „Ich habe Schmerzen im Rücken. Ich bin heute Nacht auf meinem Liegestuhl auf dem Balkon eingeschlafen. Als ich morgens aufwachte und aufstehen wollte fuhr es wie ein Blitz durch meinen Rücken."

„Ach so ist das. Auf dem Balkon eingeschlafen. Dann lassen sie uns doch einmal danach schauen. Drehen Sie sich um und stellen sich bitte mit beiden Füßen auf die Fußzehen." Frau Dr. Janusch stellte sich dicht hinter Anna. Sie konnte ihren Atem im Nacken spüren. Dann fuhr sie Annas Wirbelsäule langsam mit ihren wunderbaren Fingern herunter. Das kribbelte so herrlich, dass Annas Nippel hart wurden.

„Danke Anna. Jetzt beugen Sie sich bitte nach vorne." Anna wusste, dass ihr Hintern in diesem engen Rock einen wunderbaren Anblick ergeben würde. Bereitwillig beugte sie sich mit den Armen nach vorne hinunter. Dabei viel ihr ein, dass sie in aller Hektik außer ihrem Rock nichts weiter trug. Sie hatte keinen Slip an. Ob Frau Doktor einen Blick riskieren würde. Anna wurde ganz feucht bei diesem Gedanken. Ihre Fantasie ging mal wieder mit ihr durch. Reiß dich zusammen Anna und schüttel den Gedanken ab. Sie versuchte sich wieder in den Griff zu bekommen. Aber dicht hinter ihr stand ihre Traumfrau. Ihre Gedanken hatten keinerlei Chance um sich wieder zu fangen.

Frau Dr. Janusch tastete mit ihren Händen sanft Annas Lendenwirbelsäule. Anna flippte fast aus und wurde mit einem Schlag noch feuchter. Das darf doch nicht wahr sein, dachte sie. Die heißeste Frau der Stadt steht hinter mir und berührt mich mit ihren zarten Fingern kurz oberhalb meiner Lusthöhle. „Sehr schön" sagte Frau Dr. Janusch. Wie sie das wohl meinte, dachte sich Anna immer noch vor Lust triefend.

„Nun ziehen sie bitte ihre Bluse aus, ihren BH können sie anbehalten, falls ihnen das lieber ist. Und legen sie sich bitte auf die Liege hier hinter der Trennwand". Ich bin gleich wieder bei ihnen. Frau Dr. verließ den Behandlungsraum. Anna war total durcheinander. Die Gedanken überschlugen sich in ihrem Kopf. Der Schmerz war vor

Aufregung kaum noch zu spüren. Adrenalin durchflutete ihren Körper.

Wie in Trance begab sie sich hinter die Trennwand auf die Liege und begann ihre Bluse auszuziehen, wie es Frau Dr. wollte. Dabei fiel ihr wieder ein, dass sie in aller Hektik auch keinen BH angelegt hatte. Annas Brüste waren wohlgeformt, jedoch liebten sie die Freiheit. Ein BH trug sie nur, wenn sie besonders seriös erscheinen wollte, was jedoch so gut wie nie vorkam. Während sie sich die Bluse versuchte aufzuknöpfen tauchte plötzlich Frau Dr. Janusch hinter ihr auf. „So, wir haben nun etwas Zeit. Den Anschlusstermin habe ich auf heute Nachmittag verschoben." Wieso das denn, dachte sich Anna, während sie immer noch mit den Knöpfen ihrer Bluse beschäftigt war.

„Darf ich ihnen damit behilflich sein Anna? Mit ihren Rückenschmerzen ist das aufknöpfen einer Bluse bestimmt nicht leicht." Noch bevor sie antworten konnte stellte sich Frau Dr. Janusch vor sie und knöpfte Annas Bluse von unten nach oben auf. Annas Herz raste. Knopf für Knopf stieg ihre Erregung. Als Frau Dr. endlich bei den entscheidenden Knöpfen direkt vor ihrer Brust angekommen war. Was würde Anna darum geben, wenn die Nachbarin auch nur für einen kleinen Moment über ihre Nippel streifen würde.

Der letzte Blusenknopf wurde von ihr behutsam geöffnet. Frau Dr. Janusch blickte auf Annas entblößte Brust. Annas Nippel ragten in die Höhe und zogen sich vollständig wie kleine Kirschen zusammen.

„Sie tragen keine BH Anna!?" Frau Dr. Janusch zögerte einen Moment. Anna versuchte sich zu einer halbwegs vernünftigen Reaktion zu sammeln. „Ähm ja, den habe ich wohl vorhin in aller Eile vergessen."

„So ist das!? Schade, ich dachte schon, es wäre wegen mir." Entgegnete Frau Dr. Janusch. Oder hatte sich Anna verhört. Wegen mir? Das hat sie bestimmt nicht gesagt. Ich träume das gerade, besann sich Anna.

„Gut, dann legen sie sich jetzt bitte hin. In Seitenlage, einen Arm nach vorne, den anderen Arm über ihren Kopf, das untere Bein anwinkeln und das andere Bein nach vorne überschlagen mit dem Rücken zu mir."

Überfordert von den vielen Kommandos versuchte Anna den Wunsch der Ärztin zu befolgen. Aber irgendwie gelang es Anna nicht sich in die gewünschte Position zu bringen.

„Ich bin ihnen behilflich." Und wieder legte Frau Dr. Janusch Hand an und berührte Anna an den medizinisch erforderlichen Stellen ihres Körpers. Sie streifte ihre Beine übereinander, legte die Arme Inneneinader und zog sie über den Rücken noch etwas zu recht. Bei jeder Berührung wurden Annas Nippel härter und ihr Schambereich feuchter. Sie zerfloss förmlich. Wie gut dass sie wenigstens noch den Rock anhatte.

„So, nun entspannen sie sich bitte und ich werde einige Bewegungen bei ihnen durchführen". Frau Dr. nahm mit der einen Hand die Schulter von Anna und beugte sich über sie. Mit ihrem Gesicht bewegte sie sich an Annas Brüsten vorbei, um an Annas Po zu gelangen. Sie fasste beherzt Annas Hinterteil und schaffte es mit einem Ruck den Lendenwirbel an Annas Rücken wieder in die richtige Stellung zu bringen.

Erleichtert stieß Anna einen Freudenschrei hinaus. Zwar war die Stelle noch etwas am brennen, aber es saß wieder alles so wie es sein sollte. Anna richtete sich auf und bedankte sich bei Frau Dr. Janusch mit einer Umarmung. Ihre nackten Brüste drückten dabei auf das weiße Poloshirt von Frau Dr. Janusch. Sie sah so heiß darin aus. Ihr BH zeichnete sich ab unter dem sexy enganliegenden Polo.

Nachdem sich Anna wieder aus der Umarmung lösen wollte, sie war wohl doch etwas stürmisch gewesen, zog Fr. Dr. Janusch Anna wieder zu sich.

„Haben sie noch eine weitere Übung die sie mit mir durchführen wollen? Mir geht es jetzt schon viel besser." Wunderte sich Anna.

„Ach ihnen geht es schon besser!? Schön, aber ich will, dass Sie sich richtig wohl fühlen!" sprach Frau Doktor und zog Anna direkt an ihre Brust. Was das wohl wird? dachte Anna. Noch bevor sie sich dem Gedanken weiter widmen konnte, streifte Frau Doktor Janusch Annas Haare sanft nach hinten und küsste sie sinnlich auf den Mund. Wie zart ihre Lippen doch waren. Annas Beine wurden weich. Ihre Lustgrotte wurde vor Erregung feucht. Ein weiterer Kuss folgte, als Annas Nippel mit einer spitzen Berührung die Aufmerksamkeit von Frau Dr. Janusch auf sich zogen. Diese drückten auf das Poloshirt der Nachbarin, so dass die Brüste aneinander rieben. Unter dem Shirt spürte Anna die ebenfalls spitzen Brustwarzen der Nachbarin durch ihren BH durch. Frau Dr. Janusch wanderte mit Ihren Lippen hinter Annas Ohren, ihren Nacken entlang, den Hals hinunter bis zum Dekolleté. Nur noch einen Hauch war die Traumfrau von Annas Brüsten entfernt. Anna stöhnte laut vor Erregung und drückte den Kopf von Frau Dr. Janusch an ihren Busen. Bereitwillig nahm Frau Dr. Janusch Annas Nippel in ihren Mund auf und umspielte mit ihrer Zunge gekonnt die erwartungsvollen harten Kirschen. Das Zungenspiel wurde langsam durch Saugbewegungen ersetzt. Zuerst leicht, dann immer gezielter und stärker. Anna konnte kaum an sich halten vor Lust. Sie war kurz davor zu kommen. „Meine Traumfrau saugt hier und jetzt gerade an meinen Brüsten. Ich fasse es nicht." Dachte sie währenddessen. „Ich bin im Traum. Ich kann nicht mehr. Ich muss es heraus schreien. Es geht nicht mehr anders. Ich muss jetzt kommen." In einem nicht enden wollenden Lustschrei zuckte Anna zusammen und genoss ihren himmlischen Orgasmus. Oh ja, Sie war zufrieden mit dieser exklusiven Behandlung.

Ende.

Sportliche Höchstleistung

Die Hitze des Sommers erreichte ihren Siedepunkt. Unerträglich warm war es heute, als Angelina beschloss, noch eine Runde durch den Park zu laufen. Bäume spendeten etwas Schatten auf der beliebten Joggingstrecke am See entlang. Angelina liebte es den Schwänen beim Planschen zu zusehen. Voller Neid blickte sie auf die tauchenden Köpfe, die unter Wasser nach etwas Futter suchten und sich nebenbei erfrischten. Runde für Runde lief sie über eine kleine Brücke, entlang an einem Ziegengehege, weiter über einen kleinen unbefestigten Schotterweg, bis zu einer langen Allee, welche mit prachtvollen Lindenbäumen bestückt war. Hier hatte es kurzzeitig nur knapp 24 Grad und war im

Vergleich zu den sonnigen Strecken direkt am Seeufer eine kühle Oase. Das Tempo etwas zu reduzieren war an dieser Stelle eine gute Entscheidung. Angelinas Körper pochte stark am Limit. Sie war eine sehr aktive junge Frau, die auf ihren täglichen Sport einfach nicht verzichten konnte. Unter normalen Umständen wäre sie früh morgens vor der Arbeit noch ein paar Runden durch den Park gelaufen. Heute ging das leider nicht, da ihr Chef die grandiose Idee hatte, zu einem Kommunikationstraining einzuladen, welches früh morgens beginnen sollte und den ganzen Tag andauern sollte. Der Raum war glücklicherweise klimatisiert, so dass es auszuhalten war. Dennoch mochte es Angelina gar nicht, den ganzen Tag im Sitzen zu verbringen. Bei den wenigen Kommunikations-Übungen, welche im Stehen zu absolvieren waren, meldete sich Angelina freiwillig um wenigstens etwas Bewegung zu haben. Als der Schulungstag endlich vorüber war schlugen die Kollegen noch vor im Anschluss ein Restaurant aufzusuchen. Wieder sitzen. Nein, bloß nicht. Um jedoch nicht unkollegial zu erscheinen, ließ sich Angelina überreden mitzugehen. Nach der Vorspeise vertrat sie sich etwas die Beine und wollte eigentlich gar nicht mehr sitzen. Die Hauptspeise, den frischen Sommersalatteller mit Hühnerfilet Stückchen, leckerer Kresse und Sprossen darüber, verschlang sie zügig, um sich dann mit ein paar hastigen Sprüchen von den Kollegen zu verabschieden.

In Windeseile fuhr sie mit ihrem Audi Cabriolet nach Hause. Den Fahrtwind genoss sie zwar, bedauerte aber eigentlich heute das Auto nehmen zu müssen. Fuhr sie doch sonst mit dem Fahrrad morgens in die Firma. Heute musste sie jedoch einen Umweg machen um die Kollegin mitzunehmen. Sie holte diese am Bahnhof ab, damit sie zusammen am Kommunikationstraining teilnehmen konnten. Ein nicht endend wollender Tag im sitzen, dachte Angelina. Zum Glück übernachtet die Kollegin in der Stadt, so kann ich wenigstens auf dem Rückweg direkt nach Hause fahren.

Die Stufen zum 2. Stockwerk ihrer gemütlichen Singlewohnung nahm sie in Windeseile immer 2 Stufen auf einmal. Dynamisch schloss sie ihre Haustüre auf, um sich schnell aus dem Schrank ihre Sportkleidung herauszusuchen. Sie entschied sich für ein eng anliegendes rotes

Trainingstop und eine knappe leichte Laufshorts in knalligem orange. Farbenfroh wie immer. Angelinas Kleiderschrank bestand überwiegend aus knalligen Farben. Nur für Ihre Arbeit suchte sie sich hin und wieder ein paar dezentere Kleidungsstücke, wenn Kundentermine anstanden.

Nachdem sie sich fertig angezogen und ihre Haare zu einem Pferdeschwanz gebunden hatte, nahm sie ihren MP3-Player und liefdie Treppe hinunter, rüber zur anderen Straßenseite. Dort war ein direkter Eingang zum Park zu finden. Schon als Angelina nach der Trennung von ihrer letzten Freundin auf Wohnungssuche war, machte die Nähe zum Park den ausschlaggebenden Punkt aus, weshalb sie sich für diese Wohnung entschieden hatte. Mit ihrer Ex lebte sie direkt in der City. Ringsherum nur

Gebäude und S-Bahnen. Ihre Ex bestand darauf dort zu wohnen, da sie es auf dem Weg zu ihrer Arbeitsstelle bequem haben wollte. Sie arbeitete 1 Minute von der alten Wohnung entfernt und war nicht Bereit für eine Wohnung in schönerer Lage auf diesen Komfort zu verzichten. Überhaupt war ihre Ex durchweg bequem. Sie lag lieber an den Wochenenden auf dem Sofa herum und schaute sich irgendwelche B-Promi-Sendungen im Fernsehen an, als dass Angelina sie zu einer Outdoor-Aktivität bewegen konnte. Angelina liebte lange Wanderungen durch die Berge und überquerte in ihrem Sommerurlaub lieber die Alpen, als dass sie sich mit ihrer Ex an den Strand legte. Zu Beginn ihrer Liebe kam ihre Ex ihr noch hin und wieder entgegen und war zumindest für einen Kurztrip am

Wochenende zum Wandern bereit. Jahr für Jahr wurden diese Kompromisse jedoch weniger und zum Gegenstand ihrer Diskussionen. Als dann auch die Wochenenden zunehmend öde wurden, zog es Angelina vor auszuziehen. Sie waren einfach zu unterschiedlich. Eigentlich hätte Angelina schon nach dem ersten Verliebt sein die Augen öffnen müssen. Ihre Freundin legte zunehmend an Gewicht zu, da sie sich Abend für Abend lieber mit Chips und Schokolade vergnügte, als mit ihr noch etwas zu unternehmen. Warum hatte sie das nicht schon früher gemerkt? So gingen die Jahre ins Land und nach 5 Jahren war jeder Funke aus ihrer Beziehung verschwunden. Die Bewegungsunlust ihrer Ex zeigte sich auch im Bett. Während Angelina sich alle Mühe gab um ihre

Freundin zu verwöhnen, wurde dies leider nicht erwidert. Meistens blieb Angelina halb ausgehungert auf der Strecke, nachdem sie ihrer Ex einen wunderbaren Orgasmus nach dem nächsten bescherte, diese dann aber lieber einschlief anstatt sich zu revanchieren.

Frei fühlte sich Angelina, wenn sie joggen konnte. Nach einer kurzen Weile wurde ihr Körper von Glückshormonen geflutet. Sie fühlte sich leicht und beschwingt während dem Laufen. Mit ihren Lieblingshits im Ohr folgte sie dem Takt der Musik, die ihr zu zusätzlichem Antrieb verhalf. Wieder angekommen an der von Bäumen beschatteten Allee fiel ihr eine junge Frau auf, die ihr entgegen joggte. Dies verwunderte Angelina, da es nicht allzu viele Menschen gab, denen sie auf ihrer täglichen

Strecke begegnete. Und dann auch noch bei diesen Temperaturen. Ungewöhnlich, dass ihr diese Frau noch niemals begegnet war. Wie unter Joggerinnen üblich nickten sie sich kurz zu als sie an einander vorüber liefen. Dabei fielen Angelina die wunderschönen rehbraunen Augen auf, welche die Joggerin charmant beim Grüßen zu einem Augenaufschlag einsetzte.

Angelina konnte nicht anders, als sich nach der Joggerin umzudrehen und blickte ihr noch etwas nach, ehe diese in Richtung See weiterlief. Angelina dachte über diese Begegnung nach und überlegte, ob sie sich vielleicht doch schon einmal hier gesehen haben könnten. Dann war es ihr jedoch klar. Unter normalen Umständen war sie gar nicht zu dieser Uhrzeit hier im Park. Heute war ja der „You-have-to-sit-Tag" der ihrem Chef zu verdanken war. Bei diesem Gedanken wurde Angelina wieder etwas schneller, als müsste sie das Sitz-Verbrechen des heutigen Tages durch joggen auflösen. In einem zügigen Tempo bog sie wieder über die Brücke in Richtung See ein. Sie hielt Ausschau nach den Schwänen, die mittlerweile jedoch zum gemütlichen Teil des Abends übergegangen waren und sich an das Ufer zum Gackern und chillen zurück zogen. Es war nun mittlerweile die Dämmerung angebrochen und Angelina war bereits eine gute Stunde unterwegs. Unter normalen Umständen hätte sie sich nun auf dem Heimweg begeben, aber heute war ihr Laufbedarf enorm hoch und so entschloss sie sich eine Extrarunde um den See zu drehen. Dieser war zwar an einigen Stellen eng bewachsen, aber es gab einen schmalen mit Baumwurzeln gespickten Weg, der mit etwas Geschick zu bewältigen war. Voller Elan begab sie sich auf die Strecke und wurde mit einem zauberhaften Blick auf den See belohnt. Sie konnte sich kaum satt sehen an dem von der Abendsonne belichteten See, der den orangenen Sonnenuntergang auf dem Wasser spiegelte. Traumhaft, so möchte ich jeden Abend verbringen, dachte sie sich. Und lief im mittlerweile gemäßigten Auslauftempo den Weg weiter. An einer Bucht beschloss sie den Lauf-Tag zu beenden und noch etwas baden zu gehen. Der See war mittlerweile verlassen und so hatte Angelina keine Hemmungen ihr Top überzustreifen und sich ihrer Schuhe sowie Laufshorts zu entledigen. Die Kopfhörer zog sie aus Ihrem Musikplayer und es trällerten die Hits der Sommersaison im Hintergrund. Beschwingt von den durch das Laufen hervorgerufenen Glückshormonen begab sie sich glücklich und zufrieden das Ufer hinunter. Mit ihrem rechten Fuß testete sie vorsichtig die Wassertemperatur, die trotz dieses sonnigen Tages bei maximal 20 Grad gelegen haben dürfte. Aufgeheizt vom Joggen wirkte der See noch frischer und es kostete etwas Überwindung. Sie ging wieder ein Stück hoch um Anlauf zu nehmen. Mit kreischender Lebensfreude rannte sie hinein in den See. Den Kopf unter Wasser tauchte sie einige Meter. Herrlich diese Abkühlung. Als sie wieder hoch sah stand plötzlich die andere Joggerin an der Uferseite gegenüber und schaute ihr beim Schwimmen zu. Ob ihre Blicke wirklich ihr galten? Angelina drehte sich um, aber hinter ihr war nichts anderes zu entdecken, also musste die Joggerin sie ansehen. Etwas erregt von den Rehbraunen Augen die sie anblickten, gab sie sich ihrer Nacktheit hin. Sie schwamm noch einige Runden in sicherer Begleitung interessierter Blicke vom Ufer gegenüber. Sie fühlte sich unendlich sexy. Um wieder umzudrehen tauchte sie erneut ihren Kopf unter Wasser und tauchte einige Meter zurück. Als ihr Kopf wieder über Wasser war suchte sie am gegenüberliegenden Ufer nach der Joggerin. Leider war diese jedoch verschwunden. Schade, mit Beobachtung macht es doch noch etwas mehr Spaß nackt herum zu planschen. Sie schwamm zurück zum Ufer um hinauszugehen. Ihre Brustwarzen waren knallhart als sie hinausstieg und ihre Haut zog sich zusammen. Es war nun doch nicht mehr so warm, was Angelina jedoch nicht daran hinderte sich noch etwas auf die aufgewärmten Steine des Seeufers zu legen um trocknen. Herrlich diese Wärme vom hinten. Angelina war vollkommen entspannt und beschwingt von diesem schönen Lauferlebnis samt sexy Begegnung.

Sie schloss ihre Augen und streichelte sich über ihren Bauch. Sie genoss ihre eigenen Berührungen und fuhr mit ihren Fingern weiter zu ihren Brüsten. Streichelte diese ausgiebig und spielte mit Daumen und Zeigefingern an ihren harten Brustwarzen herum bis sie unten feucht wurde. Von Glückshormonen durchflutet wanderte ihre Hand den warmen Bauch hinunter zu ihrem Schambereich. Ihren Körper kannte Angelina gut und so wusste sie auch genau was zu tun war. Gezielt fuhr ihr Zeigefinger zu ihrer angeschwollenen feuchten Lustperle und spielte mit gekonnten Bewegungen hin und her. Ihre Augen fest verschlossen, dachte sie dabei an die wunderschönen Rehbraunen Augen, welche sie vom anderen Seeufer begleiteten. Erregt vom Gedanken an die heiße Joggerin wurden ihre Bewegungen immer intensiver bis sie schließlich unterhalb ihrer Lustperlerle von Feuchtigkeit durchflutet war. Es war ein leichtes Spiel als sie mit dem Mittelfinger in ihre Lusthöhle hinein glitt um sich mit gekonnten Stößen zum Höhepunkt zu bringen.

Ende.

Geschäftspartnerinnen

„Verena, was soll der Mist? Kannst du denn nicht einmal richtig zusammen rechnen. Ich verzweifle noch mit dir." „Es tut mir leid Claudia. Ich war wohl nicht ganz bei der Sache. Aber es ist auch so viel los hier und ich verstehe mein eigenes Wort nicht mehr. Wie soll ich mich da konzentrieren?". „2 Weizen und 2 Baguettes zusammen zu rechnen kann ja wohl nicht allzu schwierig sein. Das kann man auch mit ein paar Stimmen im Hintergrund. Du bist echt zu nichts zu gebrauchen." Claudia stampfte wütend davon. Verena blieb den Tränen nahe zurück. Seitdem sie gemeinsam „das Cleos", ein kleines Bistro am Cleosplatz eröffnet hatten, war der Umgangston in ihrer Beziehung schärfer geworden. Ziemlich verletzend heute sogar, dachte sich Verena enttäuscht. Hätte ich das bloß nie mit ihr zusammen angefangen. Vorher war es die perfekte Beziehung. Jetzt ist sie nur noch gestresst und giftet mich an. Jeder kann ja mal einen Fehler machen. Wegen 20 Cent so einen Wirbel zu veranstalten ist ja wohl keineswegs angemessen.

Und ich dachte sie liebt mich. Aber wenn ich mir überlege wie lange das mittlerweile schon so geht. Vor 7 Monaten haben wir das Bistro zusammen eröffnet, aber es ging ja schon vorher los. Als wir uns dazu entschieden haben ein Bistro zusammen aufzumachen, dachte ich noch ich hätte Mitspracherecht. Immerhin habe ich 50% dazu beigesteuert und wir hatten eine gleichberechtigte Beziehung. Doch schon in der Einrichtungsphase musste es immer nach ihrem Kopf gehen. Gefielen mir die roten Barhocker, mussten es die Schwarzen sein. Fand ich die runden Glastische mit Füßen aus Rattan schön, wollte sie Holztische, die eher für eine Almhütte, als für ein Bistro geeignet waren. Egal was ich vorschlug, sie schmetterte es ab und wollte ihren Kopf durchsetzen. Mit einer Verbissenheit mit der ich sie vorher nie erlebt habe. Vielleicht hängt es ja mit der Insolvenz ihrer Eltern zusammen, die 20 jahrelang ein kleines Hotel führten und nach der Insolvenz mit nichts mehr dastanden.

Für Claudia war es schon ein enormer Schritt aus der Festanstellung als Produktmanagerin in einem großen Lebensmittelkonzern hin zur Bistrobesitzerin, die Monat für Monat um ihr Einkommen kämpfen muss. Aber was blieb ihr nach der betriebsbedingten Kündigung denn übrig. Für Verena war der Schritt nicht allzu groß, denn sie hatte jahrelange Gastronomie Erfahrung als rechte Hand des Geschäftsführers in der „Fischterrasse". Das Restaurant lag an einem kleinen Anglersee etwas nördlich von Hannover. Verena konnte Monat für Monat miterleben, wie ihr Chef um jeden Gast froh war, der ein paar Euros liegen ließ. Das Essen war zwar vorzüglich, aber der See leider etwas abgelegen, so dass nur Menschen kamen die von diesem „Geheimtipp" wussten oder sich auf eine der unzähligen Anzeigen in die Abgelegenheit des Sees trauten. Seitdem Verena jedoch zu Claudia in die Nähe von Kassel gezogen war, hatte sie sich mit Minijobs über Wasser gehalten. Trotzdem war dieser Schritt wichtig, denn eine jahrelange Fernbeziehung wollten beide nicht führen. Mit 2 Stunden Autofahrt war der Weg zwar überschaubar, aber um mal kurz abends auf einen Quickie vorbei zu kommen, dann eben doch zu weit.

Da Claudia eine tolle Stelle hatte und sich um ihre Mutter kümmern musste, die im selben Ort wohnte, war es logisch das Verena umziehen würde. Und sie tat das auch gerne, denn Claudia war ihre erste große Liebe. Ihre vorherigen Beziehungen waren eher lockere Bettgeschichten wie sie mit Anfang 20 nicht ungewöhnlich sind. In Claudia jedoch hatte sich Verena auf den ersten Blick verliebt. Sie kann sich haargenau an jedes Detail ihrer ersten Begegnung erinnern. Sie war an diesem Abend zum Bowling spielen mit Ihren Freundinnen verabredet. An diesem Abend wurde sie zur Fahrerin auserkoren, so dass die anderen Mädels stündlich beschwipster wurden. Ihre damals beste Freundin Lena hatte es gegen Ende des Abends schwer sich auf den mittlerweile von Cocktails wackeligen Beinen zu halten. Nachdem Lena den Fehler machte, Cocktails mit Tequila zu mischen, stand sie kurz vorm Filmriss. Gerade diese zarte Person, keine 50kg auf den Rippen bei 1,60m Körpergröße, hatte sowieso nicht die Statur viel Alkohol aushalten zu können. An diesem Abend wollte Lena jedoch mit Steffi und Finja mithalten, die meinten sie müssten die Sonnenwende feiern. Verena vermute, dass sie nur einen Anlass gesucht haben, um sich zu betrinken. Es war tropisch heiß, so dass die Kombination aus Hitze und Alkohol für Lena einfach zu viel war. Verena begleitete sie vor die Türe, um sie nicht aus den Augen zu lassen. Zu fortgeschrittener Stunde wurde Lena auch immer anhänglicher und klammerte sich buchstäblich um den Hals jeder halbwegs attraktiven Person.

Da Lena bisexuell war, gab es für sie auch jede Menge potentielle Opfer an diesem Abend. Eine davon war Claudia, die von Lena mit „Hola Chica!" angemacht wurde, während sie einen Parkplatz suchte. Verena hatte sie ebenfalls bemerkt und beobachtete Claudia beim Aussteigen aus ihrem BMW-Cabriolet. Elegant stieg sie mit ihren unendlich langen Beinen aus dem Wagen. Dabei hätte man ihr Bestnoten für ihre Haltung geben können. Der Mond schien auf ihren hellen Stufenschnitt als würde ein Heiligenschein über ihrem Kopf schweben.

Einfach hinreißend, dachte Verena entzückt. Doch lange konnte sie sich nicht auf diese Engelsgleiche Figur konzentrieren, da wurde sie jäh aus ihren Gedanken gerissen von einem lauten „Mir wird übel", gefolgt von eben passender Aktivität zu ihren Füßen. Glücklicherweise hatte Lena sie dabei knapp verpasst, sonst wäre der Abend wohl für sie gelaufen gewesen. Die Menge an Alkohol sorgte dafür, dass Lena mehrere Anläufe brauchte bis es vorüber war. Verena war an ihrer Seite und versuchte zu verhindern, dass Lena sich selbst oder vorbei laufende Gäste erwischte. Beschäftigt mit Lena bemerkte Verena die Person neben ihr nicht, die freundlich ihre Hilfe anbot. Es war Claudia, die keineswegs von dem Geschehen abgeschreckt wurde. Als Verena sich zur Seite drehte, um sich für die angebotene Hilfe zu bedanken, legte Lena ein letztes Mal mit Schwung los, so dass sie Verena fast zu Boden riss. Claudia erfasste schnell die Situation und hielt Verena hilfsbereit an ihren Schultern fest, so dass sie das schlimmste Verhindern konnte.

Was für eine abstruse Situation um sich kennen zu lernen. Aber nun war es ein leichtes für Verena sich bei Claudia für ihre Hilfsbereitschaft zu bedanken. Nachdem sie Lena gemeinsam sicher auf dem Rücksitz von Verenas Kombi zum Schlafen verwahrt hatten, lud Verena Claudia auf einen Drink ein. Dabei erfuhr sie, dass sie eine Freundin in der Stadt besuchte und sich mit ihr hier treffen wollte. Kurz vor der Ankunft hat sie jedoch eine whatsapp mit einer Absage bekommen, weil sich die Freundin den Knöchel gebrochen hatte.

Anstatt umzukehren wollte sie das Beste aus dem Abend machen. Es hat sich bereits jetzt für sie gelohnt hierher zu kommen, teilte Claudia mit einem verführerischen Blick mit. Verena verstand die Botschaft, schloss ihre Augen und küsste Claudia ohne Umwege direkt auf ihre vollen Lippen. Claudia ließ sich nicht lange Bitten und erwiderte den Kuss leidenschaftlich. Sie haben sich an diesem Abend gefunden. Nachdem sie sich weiteren leidenschaftlichen Küssen hingaben schlug Verena vor, Lena nach Hause zu fahren und Claudia danach noch ein paar hübsche Plätze in der Stadt zu zeigen. Eigentlich meinte Verena damit, dass sie Claudia ihr Schlafzimmer zeigen wollte, wozu es allerdings nie kam, denn sie hatten es, in Verenas Wohnung angekommen, nur bis auf den Wohnzimmerteppich geschafft, bevor sie sich gegenseitig mit leidenschaftlichen Küssen verschlungen. In absoluter Erregung gingen Claudias Küsse direkt und zügig vom Mund in Verenas Nacken über. Gekonnt ergänzte Claudia ihre sinnlichen Nackenliebkosungen mit einem Griff unter Verenas Top. Mit ihrer Hand schaffte sie sich den Weg unter Verenas BH frei und massierte mit Daumen und Zeigefinger kreisförmig um Verenas Brustwarzen herum, welche sich vor Erregung schon zusammengezogen hatten. Verenas Brüste passten genau in Claudias Hände. Die perfekte größte, dachte sich Claudia als sie zielstrebig Verenas Top entledigte. Mit einem geübten Handgriff öffnete sie Verenas BH, so dass Claudias Mund nun freies Spiel hatte. Und da Claudia ausreichend Erfahrung hatte, wusste sie auch sofort was zu tun war. Sie arbeitete sich mit dem Mund durch sanfte Liebkosungen den Hals über ihr Dekolleté hinunter bis sie an Verenas Brustwarzen angekommen war. Gefühlvoll öffnete sie ihren Mund und begann mit ihrer Zunge Verenas Nippel zu umkreisen. Erst sanft, dann immer fester, bis sie anfing daran zu saugen. Verena stöhnte vor Lust und Claudia hatte den Eindruck, dass Verena schon kommen könnte. So leicht wollte sie es ihr jedoch nicht machen und spielte noch etwas mit Verena. Sie hatte erotische Macht über Verena und diese wollte sie in unvergesslicher Weise einsetzen, damit Verena sich nicht mehr von ihr lösen konnte. Drum spielte Claudia geschickt mit Geschwindigkeit und Intensivität ihre

Liebkosungen. Das Zungenspiel verlangsamte sie fast bis zum Stillstand, immer wenn sie fühlte, dass Verena gleich kommen würde. Verena zerging vor Lust und wurde immer heißer. Bis Claudia irgendwann beschloss, Verena endlich von ihrer Lust zu befreien. Sie erhöhte langsam den Druck ihrer Zunge und die Geschwindigkeit und kurz bevor Verena zu kommen schien glitt sie mit einem Finger in ihre Lustgrotte hinein. Verenas Höhepunkt war wohl in der gesamten Nachbarschaft zu hören. Mit lauten Stöhnen und intensiven Zucken entlud sich ihre Energie und sie hatte ihren bisher intensivsten Höhepunkt den sie je erlebt hatte. Claudia war sich sicher, dass Verena sich nach diesem Erlebnis nicht einfach wieder von ihr verabschieden würde. Und so kam es dann auch, dass sich Verena nach einer kurzen Erholungspause bei Claudia mit einem ähnlich schönen Erlebnis bedankte. Ab da an waren sie ein Paar.

Innerhalb kürzester Zeit beschloss Verena zu Claudia zu ziehen. Da Verena einen Neustart hinlegen musste, versuchte sie sich die ersten Monate mit Gelegenheitsjobs durchzuschlagen, war aber oft von Claudias gutes Einkommen als Produktmanagerin abhängig, da die Jobs in der Region nicht üppig waren und dann leider auch noch schlecht bezahlt. Darum spielte sie immer öfters mit dem Gedanken ein eigenes Bistro zu eröffnen und begeisterte auch Claudia mit einzusteigen. Als sich dann am Cleosplatz ein langjähriger Konditor sein Geschäft aus Altersgründen schließen wollte, war das die Top-Gelegenheit. Die

Location lag direkt am Springbrunnen, dem schönsten Plätzchen der ganzen Stadt. Umrahmt von malerischen und gut erhaltenen Fachwerkhäusern hatte die Umgebung schon jetzt einiges an Charme zu bieten. Mit ein paar Euros die Konditorei zu einem netten Bistro umbauen, das würde bestimmt ein Selbstläufer werden, dachte sich Verena. Claudia hat ja auch noch ihren guten Verdienst, so dass sie auf der sicheren Seite sind. Sie würde dann nach Feierabend oder an den Wochenenden mithelfen, so können auch die Lohnkosten überschaubar gehalten werden. Kurzentschlossen unterschrieben sie den Pachtvertrag und begannen ihre Pläne zeitnah umzusetzen. Womit sie allerdings nicht gerechnet hatten, war der beinahe bankrott von Claudias Arbeitgeber. Der

Lebensmittelkonzern hatte große Verluste hinnehmen müssen, da kurz hintereinander 2 große Rückruf Aktionen stattfinden mussten. Die beiden Skandale bezogen sich auf Verunreinigungen in veganischen Produktlinien, eine davon betraf Claudias Produktbereich. Da der Imageschaden der Vegan-Produkte irreparabel schien, entschloss sich der Konzern kurzfristig zur Schließung dieses Segmentes. Die Mitarbeiter wurden nach Sozialplan entlassen. Da war es naheliegend, dass Claudia in ihrem jungen Alter, unverheiratet und kinderlos ganz oben auf der Liste stand. Die Abfindung, um welche sie hart und in einem über mehrere Monate andauernden gerichtlichen Verfahren kämpfen musste, war zwar am Ende nicht wenig, aber um sich langfristig über Wasser zu halten musste das Bistro 2 Personen ernähren. Der Druck wurde Monat für Monat größer und Claudia, die bis dahin beruflich sehr erfolgsverwöhnt war, wurde zunehmend frustrierter. Es war einfach nicht so, wie sich ihren Weg vorgestellt hatte. Dass Verena herzlich wenig an der Situation ändern konnte, verbesserte Claudias Stimmung nicht. Sie hatte sich verändert. Aus der erfolgsverwöhnten jungen Frau wurde zunehmend eine mürrische, zickige Freundin und Geschäftspartnerin. Verena vermisste die Claudia von früher und versuchte sich permanent in Aufmunterungsversuchen, aber nichts schien zu helfen.

Eines Tages, wieder war ein heftiger, verletzender und vor allem vollkommen unnötiger Streit voran gegangen, hielt es

Verena nicht mehr an Claudias Seite aus. In Tränen aufgelöst verließ sie das Bistro und Claudia blickte verdutzt hinterher. Verena fuhr in ihr gemeinsames Zuhause und fing an zu packen. Viel gehörte ihr nicht, darum ging es recht schnell. Claudia hinterließ sie einen Zettel „Das war heute zu viel. So kann es nicht mehr weitergehen. Ich erkenne dich nicht wieder. Wo ist MEINE Claudia abgeblieben? Ich bin für ein paar Tage weg."

Als Claudia nach ihrer Schicht nach Hause kam fand sie den Zettel vor. Sie war am Erdboden zerstört. Der permanente Druck, die Verantwortung als Selbständige, dass alles lud sich negativ auf ihre Beziehung. So konnte es nicht weitergehen, dass sah sie nun auch ein. Claudia startete reumütig eine große Suchaktion. Wo war sie nie abgeblieben. Verena nahm nicht ab, reagierte nicht auf ihre whatsapp und war wie vom Erdboden verschluckt. Nachdem Claudia alle Freundinnen abgeklappert hatte und auch die Lieblingsplätze von Verena in der Stadt, startete sie einen weiteren Versuch Verena zu erreichen. Tatsächlich nahm sie dieses mal ab „Was willst du?" fragte sie aufgeregt und hörbar wütend. „Ich möchte mich bei dir entschuldigen. Ich will dich nicht verlieren und habe ziemlich Mist gebaut. Das ist mir jetzt endlich klar geworden." gab Claudia kleinlaut zu Protokoll. „Wenn du glaubst damit hat es sich, dann täuschst du dich. Ich bin nicht Bereit so weiter zu machen. Ich will MEINE Claudia wieder und nicht diese verletzende Zicke, wie du sie heute mal wieder gegeben hast. Ich liebe dich. Aber meine

Belastbarkeit hat Grenzen." entgegnete sie Claudia. „Was soll ich denn machen?" fragte Claudia hilflos erscheinend. „Du musst dieser Tretmühle entkommen. Überlege dir was. Ich bin jetzt erst mal ein paar Tage da, wo ich mich früher schon wohl gefühlt habe. Bis dann". Verena legte auf noch bevor Claudia erfahren konnte wo sie sich befand. Claudia überlegte angestrengt Sie hatte doch schon alle Plätze abgesucht. Da hatte sie einen Geistesblitz. Kurz entschlossen sprang sie in ihr Cabriolet und machte sich auf die 2 Stunden lange Autofahrt zu Verenas altem Wohnort. Sie musste einfach dort sein. Auch wenn sie dort keine Wohnung mehr hatte, mit Lena war sie immer noch sehr gut befreundet. Bestimmt sind sie ein paar Cocktails trinken. Mit Herzklopfen bog sie auf den Parkplatz ein, auf welchem sie sich das erste Mal begegnet waren. Engelsgleich stieg Claudia aus ihrem Wagen, dieses Mal schaute ihr jedoch niemand dabei zu. Ob Verena wirklich hier zu finden war? Aufgeregt öffnete sie die Türe, ging hinein und sah an einem Tisch eine wunderschöne Frau sitzen. Das Licht schien nur über ihr zu zu leuchten. Alle anderen Personen waren wie ausgeblendet. Am Tisch saß IHRE Verena und unterhielt sich mit Lena. Es viel ihr ein Stein vom Herzen. Entschlossenen Schrittes ging sie auf Verena zu „Mein Engel, ich will wieder DEINE alte Claudia sein. Versprochen! Ich liebe dich und will mich bei dir entschuldigen! Komm bitte mit!". Überrascht von Claudias plötzlichem Auftauchen und ihrer zuckersüßen Worte ging Verena Bereitwillig an Claudias Hand mit nach draußen. Claudia öffnete Galant die Autotür und bat Verena einzusteigen. Was sie wohl vorhat, dachte sich Verena. Sie war eigentlich der Ansicht sie wolle mit ihr reden. Wenn sie glaubt, dass sie so einfach mit ihr nach Hause fährt, dann hat sie sich aber getäuscht. „Was hast du vor?" fragte Verena. „Warte es doch einmal ab mein Engel". „Ich werde nicht mit dir nach Hause fahren. Wir müssen erst miteinander reden." protestierte Verena. „Das glaube ich nicht. Verena! Wir müssen nicht reden. Wir lieben uns. Das weißt du und ich weiß das auch. Warte ab und lass mich mal machen." Claudia startete den Motor und fuhr los. Die Fahrt dauerte keine Minute. Sie bog mit ihrem Cabrio auf einen abgeschiedenen Weg ein. Noch ein Stückchen, da waren sie an einer kleinen Lichtung angekommen. Ehe es Verena verstanden hatte holte Claudia eine Decke raus. Es war ein lauer Sommerabend. Galant nahm sie Verenas Hand und begleitete sie auf die Decke. Sie zog Verenas Shirt aus. Der Sekt war zwar nicht mehr ganz kühl, prickelte dafür aber umso mehr, als sie diesen in Verenas Bauchnabel goss um ihn genüsslich auszuschlürfen. Danach nahm sich Claudia Verenas Brüste vor, leckte sie genüsslich und massierte sie zwischen Daumen und Zeigefinger gekonnt. Verena war so davon erregt, dass sie durchflutet von ihren Gefühlen zum ersten Mal kam. „Danke mein Schatz. Ich habe das wirklich gebraucht. Sag bloß, du bist jetzt wieder MEINE Claudia." Fragte Verena sichtlich entspannt. „Noch nicht ganz." entgegnete Claudia und begann nach einer nur kurzen

Verschnaufpause Verenas Nacken zu streicheln. Sie arbeitete sich vom Nacken über ihre Brüste mit ihrem Mund gezielt hinunter. Verena konnte es kaum abwarten, denn sie erinnerte sich wieder daran, was Claudia früher mit ihr alles anstellte. Claudia küsste Verenas rasierten Schambereich und öffnete sie mit Zeigefinger und Mittelfinger, so dass ihre Zunge freies Spiel hatte. Entzückt von Verenas angenehmem Geschmack ließ Claudia ihre Zunge über Verenas pulsierende Lustperle gleiten. Erst in sanften Kreisen, dann in entschlossenen Lecken. Verena zerfloss förmlich und als Claudia mit ihrem Finger in sie hinein glitt um ihre Zungenbewegungen zu unterstützen war es um Verena geschehen. Mit lauten Lustschreien gab sie sich ihren Gefühlen hin und kam, wie sie vorher noch nie gekommen war, in einem nicht enden wollenden Höhepunkts. Zuckungen durchzogen ihren von Glückgefühlen durchströmten Körper. Da war sie wieder: IHRE Claudia.

Ende.

Abschluss

Ich hoffe, dass die erotischen Kurzgeschichten deinen Geschmack getroffen haben und ich das Blut in deiner Lustperle etwas in Wallung bringen konnte. Falls es mir gelungen ist, dann freue ich mich über eine nette Bewertung – Danke vorab!

Möchtest du mir ein direktes Feedback geben? Hast du einen Fehler entdeckt oder eine Idee für den Fortgang einer Geschichte?

Dann sende mir gerne eine E-Mail an:
dikaybooks@gmail.com

Bis bald!

Deine DiKay

Impressum

DiKay

c/o BJ-Autorenservice

Gildehauser Weg 140a

48529 Nordhorn

Email: dikaybooks@gmail.com

Copyright © 2016 DiKay

Bildmaterial: fotolia.de | Datei: #92861739 | Urheber: sakkmesterke

Alle Rechte vorbehalten.
Das Werk ist urheberrechtlich geschützt und jede Verwertung ist ohne Zustimmung des Autors unzulässig.

Dies gilt insbesondere für die elektronische oder sonstige Vervielfältigung, Übersetzungen und öffentliche Zugänglichmachung.

Herstellung und Verlag:
BoD - Books on Demand, Norderstedt
ISBN 978-3-7431-5439-1